큰 달

아래서

꿈틀거리는 미물에게도 흐뭇함을

기미년(1979년) 봄이 익을 무렵 출가를 했습니다.

우리 내면에 있는 무언가가 몸을 지휘하는 것 같다는 생각이 들어서 그것이 무엇인지 알아보고 싶어 조용한 산을 찾게 되었습니다.

가만히 앉아서 생각을 해보고 싶었던 마음과는 달리 많은 일들이 기다리고 있었습니다. 법당에서의 백팔 배, 삼천 배, 기도, 정진……. 도량에서는 맨손으로 풀을 뽑고 이런저런 일들을 해야 했는데 그래도 마음만은 놓지 않고 챙겨야 했습니다.

한라산 살 때는 나무하는 일과 6개월 이상 내리는 눈 치우기와의 전쟁 때문에 좌골신경통까지 얻게 되었답니다. 6년이란 세월 동안 밀라레파의 삶을 실감하며 화두를 놓치지 않았습니다. 행주좌와 어묵동정을 실천하느라 몸이 부서져라 시간을 아끼며 살아온 것 같습니다.

팔공산에서는 굶기도 많이 했지요.

그래도 산 생활이 왜 그리도 즐거운지요.

그러던 중 옳고 도덕적인 마음을 가져야 세상이 좋아지고 행복해 진다는 생각이 들어 교도소 홍법을 십 년이나 하게 되었습니다.

교화위원으로 청송감호소를 오가며 생긴 사연도 많았답니다. 순수한 마음을 가지고 수행 정진하는 분들도 몇 명 구하기도 했지요. 그분들께 진정한 고마움을 전합니다.

지금은 지구가 위험한 상황에 처하게 되어서 환경운동을 하게 되었지요. 부처님께서는 꿈틀거리는 미물에게도 흐뭇함을 주어라 하셨습니다. 그 말씀에서 깜짝 놀랐습니다. 어린 마음에 많은 죄를 짓고 살았구나 하는 생각을 했습니다. 그때 참회를 하게 되었습니다. 계율은 천상과 이어주는 사다리와 같다라는 말씀을 듣고 고기를 먹던 속가 시절을 후회하게 되었고. 또한 어떤 선사님께서

하신 '자기 자신의 살을 먹는다' 라는 말씀에 또 한 번 놀란 적이 있습니다.

우리가 동물을 사랑하지 않아서 사람 아닌 모두를 잡아먹는 시점에 다달았기에 천상에서도 노하는 시기가 된 것 같습니다.

코로나 사태에서 오미크론에 이르기까지 감당하기 어렵게 되었지요. 그러나 두려워할 게 하나도 없습니다. 그냥 비건 채식만 하면 극복할 수 있는 것입니다. 아주 쉽지요. 간단하고요.

이런 생각으로 환경을 생각하는 마음이 일게 되었습니다.

시를 쓰게 된 동기는 어느 날 교통사고가 나서 운신을 못 하던 차에 출가 전에 써보던 실력이 나타날까? 하는 생각이 들어 써봤습니다. 그것이 시작이 되어 20여 년 전에 써놓은 것을 몇몇 신도님들의 요청에 이렇게 책을 내게 되었지만 심히 쑥스럽습니다.

흘러가는 마음으로 읽어 주시길 바랍니다.

저는 지금도, 앞으로도 지구에서 떠날 때까지 환경을 생각하고 비건 채식으로 지구를 구하는 일에 온 힘을 다 쏟아부어 모든 중생들이 행복한 삶을 유지하게끔 도울 것입니다.

깨어나셔서 동참해 주시기를 간절히 바라는 마음입니다.

성불하시길 두 손 모아 봅니다.

임인년 大業 合掌

차 례

지은이의 말 _ 꿈틀거리는 미물에게도 흐뭇함을

1부 깊은 큰물 아래서

나리꽃

내면을 감출 것 하나 없이
보란 듯이 서 있는 네 모습에
나 자신도 당당해지는 것 같아
살며시 다가가 마음을 재보는구나

세상은 이렇게 시원스레 살라고
숨김없이 진실하게 살라고
말 없는 이야기를 하는 것 같구나

잡초를 헤치고 훌쩍 솟아 있으니
산자락의 여왕이시라
졸졸 흐르는 물을 벗 삼아
오롯이 속 내음을 모두 보였네

깔끔히 차려입은 매무새는
누구의 망상도 들어올 틈 없어
언제나 물 안 드는
진실이어라

해바라기

빈틈 하나 없이
꽉꽉 박힌 알갱이가
당신을 그리는 스물네 시간
나의 쉼 없는 마음이네요

하늘을 찌를 듯이 큰 키는
내가 쏘옥 빠져버린
당신의 모습이네요

부끄럽다고 고개 숙인 얼굴은
남 앞에 서면 빨개지는
겸손한 당신의 얼굴을
그리게 합니다

오늘은 해가 없다고
나만 내려보고 있어요
사랑의 우산처럼 받쳐 주길래
밑에 서서 당신을
만끽했어요

깨 달 음

매미야!
넌 장대비도 개의치 않는구나
내가 님에게 미쳐버려
눈 속을 헤집고 산등성이에 올랐었지
멧돼지 집을 헤치며 무서운 줄도 몰랐었지
산 넘어 가버린
님을 찾겠다고 말이야

매미야!
넌 목에 피멍이 맺혔겠구나
한여름 뱃가죽이 많이도 늘어났겠구나
내가 님이 보고파
얼마나 악을 쓰고 불렀던지
사흘 만에 소리가 나오질 않더구나
그래도 힘을 써 불러보니
목구멍에서 피가 나오더구나

매미야!
넌 전봇대에 밀착되어
미끄러지면 어쩔 건데
아무 데나 매달려서 올여름만 나면 되는 거지
나도 님이 그리워서
돌멩이 위에 앉아 꾸벅이다
방아를 찧었었지

매미야!
이제 우린
알 것 같지 않으냐
모두의 님이
나와 너의 마음속에
깃들어 있다는 것을
숨바꼭질 그만하고
쉬자꾸나

희망

사바의 그대들을 끌어안고자
어둔 밤에 조용히 정진합니다

눈을 감고 정좌하면
그대들의 모습들이 아름답게 펼쳐집니다

머언 훗날 피어날 그대들이
스멀스멀 웃음으로 다가옵니다

온 세상 가아득
푸르름으로 돋아나는 새싹 되어

평화스런 성인의 세계가 됩니다
극락이 그런 것인가 봅니다

이 시간 사바의 희망을 위해
나의 파장을 온누리에 전합니다

새록새록 숨소리가 우주를 뒤덮습니다
파아란 하늘처럼 피어납니다
깨달음 되어!

달님

사바에 미련이 많아
살포시 비춰 줘야 할 달님

당신은 어쩜
무량광에 미련이 많아
떠나지 못하는 내 마음이네요

애착을 버리라 버리라 하지만
이 도량에 쏙 빠져버린 난
당신을 잊을까 두려워
한 발짝도 움직일 수 없답니다

당신이 산등성이를 넘을 때쯤이면
밤새 뜬눈으로 쪼그리고 앉아
당신 얼굴 보느라 고개가 길어납니다

반쪽이 되어 나타난 당신을 볼라치면
날 그리다 저리 말랐나 싶어
잠시도 눈을 뗄 수 없었답니다

당신과 속삭이며 삭힌 마음이
세월을 세어보니 어언 반 세월
이제는 내 마음 당신 닮은
○달입니다

상사화

장독 옆에 가지런히 웃고 있는 너는
이른 봄 한 꺼풀 벗어버리고
이제는 새롭게 태어났구나

번뇌를 한 풀 벗어버리면
해탈이 기약한 듯 나타나
평화롭듯이

너는 지금
너무나 사랑스럽구나

긴긴 겨울 땅속에서
용맹정진한 이유일까?

너의 모습에 숙연해 하며
다시 한번 나이에 걸맞은
용기를 내어 본단다

장대비에도 끄떡없는
너희들을 보며
오늘 새삼
힘이 솟는다

바람

바람아!
너는 정녕 나의 동반자
어느 다정한 이 있어
그렇게 부드러운 손길로
나의 볼을 쓰다듬어 주랴

소슬바람아!
너는 정녕 나의 사랑하는 이
살포시 귓속말로 읊어대는 밀어
나 너에게 얼굴을 내밀어 주고 만다

바람아!
노을이 바알갛게 달아오를 때
너는 나에게 다가와
내면 깊숙이 빠져들어
새벽녘에나 깨어나게 하는
삼매의 길잡이런가

코스모스

온 도랑을 여기저기 수놓은 코스모스
청순한 소녀처럼 해맑게 웃음 짓는 새하얀 미소

창문을 열고 인사를 하는 나에게
분홍빛으로 수줍음을 달래네

하늘하늘 일렁이는 너의 모습이
새빨간 윙크로 나를 유혹하네

고요한 정적을 깨면 안 될까 봐
조용히 손을 흔들며 청하는 마음에
금세 내 마음을 빼앗기고 만다

부드러움은 강함을 매만지듯
울적한 이의 마음을 사랑으로 보듬네

파아란 하늘 아래
네가 있어
가을을 만드네

국화

산자락 도랑을 울타리라도 하는 양
빙 둘러 너의 모습을 드러냈구나

어두운 밤에도
유난히 노오란 빛으로
나를 인도했었지

나 혼자 외로워할까 봐
셀 수 없는 꽃망울로 나를 위로했었지

내 님이 올 때쯤이면
넌 나에게 순종이라도 하듯

말쑥한 맛으로
찻잔에 향을 자랑했었지

너의 덕에
내 님과 밤이 이슥하도록
다정할 수 있었지

꽃으로 향으로
넌 나의 다정한 애인처럼
모두를 바치는
사랑의 연인이구나!

도라지꽃

초록빛 들녘에 내 친구
더 버릴 수 없을 만큼
커다란 입술로
나에게 키스를 해대는 너는

칠월의 왕처럼 뽐을 낼 줄 알고
언제나 청아한 모습이구나

맑디맑은 자태는
온몸으로 진실을 말하듯
수줍음 하나 없이 꼿꼿하여라

대자연의 연꽃인 양
티 하나 잡을 것 없는 너의 모습에
내 마음은 숨도 못 쉬고 빠져드노라

아~하고 벌려보는

내 팔에 어느새 살포시

안겨 있구나

우리는

우리는 누군가를 노크합니다
곤경에서 벗어나도록

우리는 약속을 지켜야 합니다
서로서로 돕기 위함을

우리는 외면할 수 없습니다
다투었다고 꿍함을

우리는 빠져들 수 없습니다
상대가 욕과 비방을 했다고

우리는 미워할 수 없습니다
영원히 사랑하기에

우리는 둘이 아닙니다
영혼이 서로 알기에

우리는 느낍니다
늘 행복함을

벗

달님 옆에 큰 별님!
언제나 벗이 되어 다정도 해라

보름에 한 번씩 나타나는 길
덩치 큰 달님이 길 잃을까 봐
앞장서서 오늘도 안내를 하네

이 산중에 홀로 있는 나에겐
누가 와서 길동무 해 주시려나

달님에게 별님에게 빌어볼까나
나의 벗도 한 사람 내려주십사

밝디밝은 달빛으로 벗을 삼아서
이 밤이 가기 전에
외로움 달래라 하네

그냥

용기 있게 살고 싶습니다
사바에 물들지 않는 아가야처럼

모두들 깨어나라고 외치고 싶습니다
속임수에 빠진 삶에서

진실된 숨소리를 즐기라고 하고 싶습니다
타인의 모습에서 벗어나

천상락을 누리라고 말하고 싶습니다
그냥 그대로

우린 모두가 자유인이라고 하고 싶습니다
해탈한 성인의 성품으로

해탈의 그대들

그대들을 진정 사랑하기에
나의 풍만한 파장을 전하고 싶습니다

그대들과 난 똑같기에
난 느낍니다

그대들을 생각하면
가슴 벅찹니다

하나하나 깨어남을 봅니다
콩나물시루가 소오복하듯

성자를 생각하면
온 마음 다 바치고프듯

그대들을 생각하면
희망이 솟아납니다

내면은 한 줄기
그대로 통하니까요

삶의 발자취

우리 인생은
먹고 나면 구린내 나는
똥이 되어선 안 되지요

순간순간 지나고 나면
누군가에게 흐뭇함을 주고

만물에게 포근함을 줄 줄 아는
희망이어야지요

아픈 이의 고통을 감싸 안듯이
만인의 괴로움을 쓰다듬듯이
자비의 손길이어라

내 마음엔 보듬고 만져주는
감로만 있을 뿐

시기하고 미워하는
질투는 없어라

허공 속에 모두가 들어가듯이
우리네 마음에도
사랑만이 충만하여라

사바에서의 삶

난 누구나 거절을 잘 못합니다
모두가 내 님이기 때문인가 봅니다
미운 님
고운 님
무서운 님
바보 같은 님
사바에는 종류별로 님도 많지요
나를 위하고
나를 제일로 하는
님이 있을까?
아마도 육체가 있는 한
구하지 못할 것 같아
내가 모두를 위하는 것이지요
이곳에 떨어진 이상
님들을 위해

힘이 있을 때까지
마음을 다하고
고된 마음은
고향에 가서 쉬기로 작정했지요!

정월 큰 달 아래서

구름을 헤치고 나온 달님
내 소원을 말해보라 하네요

산등성이의 나무들로 울타리 만들어 놓고
비밀은 지켜줄 테니 맘 놓고 얘기하라네요

지붕 위도 하얀 눈이
소원을 말해보라 하네요

하얀 고무신 신고
마당 한가운데 사뿐히 서서
소원을 빌어봅니다

나, 님에게 온 마음 다 바칠 수 있도록

나, 님에게 어떤 엇갈림에도 머리 숙일 수 있도록

나, 님에게 하심하며 숙연해질 수 있도록

나, 님에게 모두 순종할 수 있도록

나, 님과 하나될 수 있도록

시린 손끝이 저려오도록

큰 달님에게 두 손 모아 봅니다

한마음 되니

사바는 정말 즐거운 놀이터입니다
저곳과 이곳의 차이는 크지만
마음이 유유상종하여 맞추어지니
그대로 천상락입니다

어제의 괴로움이
오늘에는 화평해지고
모두가 일체유심조라지만
그저 긍정이라 즐겁습니다

같이하는 수행이라 허물도 없고
내면을 터놓고 나니 한마음이고
가벼운 웃음으로 세월을 낚습니다

이득이 되든 손해가 되든
상대가 좋다 하니
그저 좋습니다

우린 그저 어린아이처럼
웃을 수 있음에 즐겁고
가벼워질 수 있음에
그저 행복합니다

무상

보슬보슬 봄비를 타고 온 그대
오랜만에 옛 모습 그려보았네

주고받으며 서로를 느끼던 그대
부스스한 모습에서 늙음을 보았네

차를 마시며 연신 휴대폰 만지는 그대
사바의 시달림에 까아만 얼굴

가방 가아득 약봉지
풋풋한 향 내음은 어디로 갔나

흐르는 세월 속에 무얼 느끼나
안쓰런 마음으로 찻잔은 비워지고

급한 시간 속에 빠져드는 그대
하루속히 꿈에서 깨어났으면

하루 생활

하루 스물네 시간
복닥복닥 콩 볶는 순간들

남의 얘기하느라
나만 잘났고 상대는 못난이

그래도 조용히 정좌하는
성인이 되는 순간

이 순간을 가져보는 것이
생을 다지는 운명의 순간

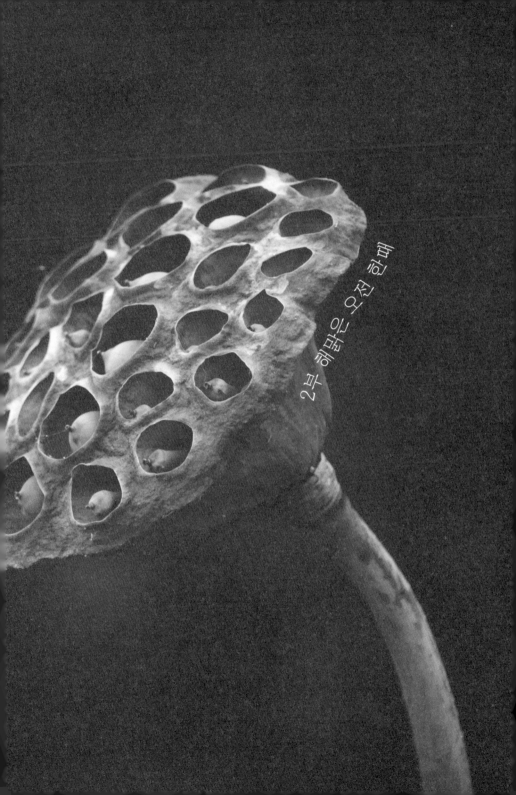

2부 해맑은 오전 한때

정자에서

정자에 내려앉은 낙엽을 쓸며
스산한 가을을 느껴 봅니다

난간에 니스를 칠해야 하는데
세월만 이렇게 보내왔네요

밤만 되면 집이 없어 울어대는
마명조사라는 새가 생각납니다

날이 밝으면 집을 지어야지
내일은 꼭 집을 지어야지
이러다 한세월 다 보낸 새가
생각나서
비에 젖어 꺼멓게 된
난간에게 미안하네요

인생도 이렇게 보내지 않을까
다시 한번 다짐을
세월이 다 가기 전에 다져봅니다

새들의 보금자리

장독 옆 잔디에 풀을 뽑다가
잠시 휴식을 취해 봅니다

빨랫줄에 새 한 마리가
입안 가득 잡티를 물고 두리번거립니다

푸드덕 후드 연통 속으로 들어갑니다
작년에 연이어 보금자리를 만드나 봅니다

며칠 후 방안에서 찍찍거립니다
새 형제들이 태어났나 봅니다

좁은 공간 틈만 있으면 집을 만들고
거주하는 저들의 가벼운 살림살이가
어느 땐 부럽습니다

찍찍찍 몇 마디면 모두 통하고
컴퓨터 배우기 싫은 나에겐
딱 어울리는 삶인가 싶습니다

풀벌레의 정진

칠흑같이 어두운 밤입니다
새벽 명상에 빠지려 합니다
악을 쓰며 정진하는
풀벌레 소리가 쟁쟁 울립니다
시커먼 번뇌를 벗어버리려고
무진 애를 쓰는 안간힘 같습니다
가을 한철을 저리 울다 보면
한 꺼풀 벗어나게 되는 건가요
1초도 쉬는 시간이 없나 봅니다
정진 삼매를 저렇게 즐길 수 있다면
한철 만에 깨달을 수 있을 것 같습니다
어두운 밤에
혼신을 다하는 풀벌레를 따라해 보렵니다

인과

그대!
한숨일랑 이제 거두소서
모든 게 인과라고 생각하구려

그대!
지난날을 연습이라 생각하구려
또 다른 숙제가 기다리는데

그대!
긍정으로 새롭게 태어나구려
한 세상 갚아야 할 빚이 많은가 보오

그대!
모든 걸 순리대로 어서 오라 하소서
다음 생까지 이어지지 않도록

휴식

정자에 두 다리 뻗고 앉았노라면
골짜기 물소리가 귀를 울립니다

난간에 기대어 조용히 눈을 감게 합니다
마음의 고향을 만끽하게 합니다

무어라 말할 수 없는 물소리에
까아만 암흑에서 흰 빛줄기를 찾아갑니다

내 숨이 막히도록 빠져보고 싶은
아무것도 없는 무한대입니다

눈을 뜨고 싶지 않은 상상입니다
본래 우리의 진아인가요

편안하고 무한함을 맛봅니다
하루에 한 번쯤 즐기고 싶습니다

오늘 하루를 마감하는 휴식입니다
내일을 위한 활력소입니다

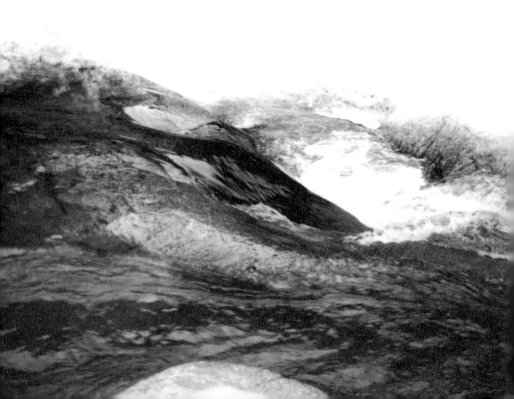

외로움 달래기

자귀나무에 앉은 비둘기 두 마리
영글지 않은 열매를 쪼아 보네요

맛이 없는지 한 마리 감나무에 앉아 보네요
뒤를 따라 다른 비둘기 따라갑니다

앉자마자 산모퉁이 날아가네요
그 뒤를 놓칠세라 또 따라갑니다

미물도 짝을 지어 사바의 조화를 이루는데
나만은 이 산중에 홀로인 듯 산천을 바라봅니다

전깃줄에 잠자리가 나를 보며 앉아 있네요
작지만, 저하고 얘기하며 외로움을 달래라 하네요

십 분이 지나도 날지 않고
무언의 대화를 나눈답니다

이럴 바엔 둘이 참선이나 하자고……
한 시간은 족히 버틸 것 같네요
이 뭣고?!

밤에

깊은 산중
전깃불도 없고
사람도 나 혼자
이슥한 밤중

달님만이 나의 벗
살쾡이 우는 소리
대나무 숲속의 노랫소리

수노루 암컷 찾는 소리
우~ 우!

나도 따라서 우~ 우~
이 녀석 속는 줄 모르고
찾았다 싶어
내 방문 앞으로 다가온다

미안한 마음에 가만히 있으면
멋쩍은 듯 지나치고 만다

장난삼아 매일 매일 해대는 소리
노루 놀려주기
우~ 우~

반딧불

깜박깜박
밀어를 속삭이려고
오늘 밤도
창문에 다가옵니다

속삭여만 달라고
귀를 대고 있네요
내 님에게 전해준다고
마음껏 터놓고 얘기하래요

가만히 바라만 보고 있으려니
자기가 길을 안내한다고
깜박깜박
따라오라 합니다

멀리 있는 님에게
가는 길이 훤하도록
밝혀 준다고

깜박깜박
칠흑 같은 어둠 속에
한 줄기 천상의 빛줄기를
뿜어냅니다

겨울날

눈이 옵니다
하루 이틀 사흘 나흘
한 달 두 달 석 달 넉 달 다섯 달 여섯 달
이렇게 쉬지 않고 오는 눈은
함석 토굴을 몇 번이고 묻어버립니다
매일매일 쉬지 않고 눈을 칩니다
지붕 위에 올라가서 나흘씩 치워도
반쯤밖에 치우질 못합니다
10m쯤 되는 담이 평지가 되고 말았습니다
마당이 넓어진 셈이지요
지독히 내리는 눈은
산이 높아 녹지도 않습니다
히말라야를 연상케 합니다
동지 전부터 내린 눈은
초파일 날에도 남아 있습니다

음력 9월 초하루면

어김없이 찾아오는 살얼음

자신과 자연과의 싸움입니다

천이백 해발의 토굴의 모습입니다

그래도 겨울이 정겹습니다

매서운 동장군과의 결투이지요

한 번쯤 맛보면 재미있지만

육 년 세월 살다 보니 무섭기도 합니다

그래도

눈 덮인 주위가 보기 좋기로는

한라산이 으뜸입니다

내면으로

가만히 있어 봐요
조용히 눈을 감고
아무 생각도 하지 마세요

그냥
고요함을 즐기세요
텔레비전을 안 봐도
그냥 즐겁고요
세상사가 어찌 되었나
신경을 쓰지 않아도
걱정이 없어요

그냥 가만히 있어 봐요
즐겁잖아요
내면에서 희열을 느껴봐요

세상사가 그냥
흘러가고 흘러오고
내버려 두세요

잠시나마
그냥
가만히 있어 봐요

하늘 보며

천상엔 연꽃이
교통수단이랍니다

연꽃만 타면
어디든 갈 수가 있답니다

가자고만 해도
저절로 간답니다

구름도 천상의
교통수단이래요

흘러가는 저 구름은
지금 누굴 태우고
가고 있겠네요

내 마음을 태우고
가고 있겠지요

많은 이들이
노래하듯이
그냥 그렇게
가고 있을 겁니다

촛불

어두운 산속 토굴에 촛불을 켰습니다
가느다란 심지 하나로
방안 가득 환한 빛을 안겨줍니다

나도 촛불처럼 살겠다고
결심한 지 어언 이십오 년

얼마나 남에게 이로움을 주며 살았을까?
촛불에 견주어 부끄럽지는 않을까?

촛물을 뚝뚝 떨어뜨려 가며 타고 있네요
나를 보고 가엾어하는 눈물 같기도 하네요

그동안 포기하고 싶은 마음들도 많이 있었지요
새삼 오늘 감출 수 없음에 부끄럽기도 하네요

남은 세월을 다시 한번 결심해 봅니다
자신을 태워 빛을 발하는 촛불처럼
더불어 나누며 살겠다고 다져봅니다

한라산 백록담

파아란 하늘만 쳐다보며 만든 산인가
얼마나 창공을 향하고 싶었을까
천상이 곧 닿을 줄 알았을까?

끝없는 인생길의 마지막 여정인 양
한없는 인욕을 요구하는
천구백오십 해발의 위용이다

위로만 쳐다보면 상이 높아질까 봐
하심하는 마음으로 밑으로 향해
번뇌를 말끔히 씻으라고
연못을 파놓았네

천상이 닿지 않으니
고향의 전경을 모두
백록담에 비쳐 보고파
커다란 물을 담아 보았을까?

사바를 모두 담아도 될
백록담이여
신의 조화에 머리 숙이며
아~ 시원한 바람과 함께
그대를 품에 안아 본다

한라산 영산홍

한라산 영산홍은 세월이 지난
지금도 무척이나 그립답니다

산이 높아 짙푸른 오월이나 되어야 피지요
나무하러 가서 우연히 발견한 영산홍

감나무만 한 나무에서
이렇게 예쁜 꽃이 피다니
아~ 하고 감탄사를 발하지 않을 수 없습니다

나무는 하지 않고 나무 밑에 서서
연신 꽃만 쳐다봅니다

꽃나무는 매끄럽고 깔끔해
부처님 공양 짓는 데 쓰려고 모아 두었는데

꽃 핀 것을 처음 보는 나는
새삼스럽게 느껴집니다

몸매도 말쑥한 것이
꽃도 예쁘게 피는 모습

복과 지혜를 함께 닦으라고 하신
옛 선사님 말씀을 되새겨 봅니다

주위를 깨끗이 함이 부처님 도량이라는데
몸이 이렇게 매끈하니 꽃도 예쁘구나

너를 그리워한단다

해맑은 오전 한때

코스모스 둘러쳐진 빨래터에 앉아
모든 시름 씻다 보면
소슬바람 어느새 다가와
다정스레 쓰다듬네

햇살 따사로이 내려주시고
맑디맑은 오전의 이 추억을
머언 산 쳐다보며 대화를 하네

이렇게 꿈같은 초원의 정경을
너와 나는 말 없이 나눌 수 있음에
이 사바를 다 준다 해도
바꿀 수 없다며

이 시간이 아까워 조용히 바라만 보네
놓칠 수 없는 이 정겨움
아~이 가을의 상쾌함이여
내 이 시간이 너무 행복하다

사랑하는 자연의 이 물결이여
영원히 내 품에 안겨다오
내 마음 한없이 한없이 벌리고 또 벌려
사바의 모든 시름을 이 햇살 아래 묻어버리리

맑은 바람이여! 모든 이의 번뇌를 모두 보듬어
저 산골에 묻어다오

다정한 이들이여
이 품에 안겨 즐겨보세

연차를 마시며

분홍빛 꽃잎이
다관에 들어앉아
향을 만드네

활 펴진 수술과 암술이
다 보여질 때면
살며시 눈을 감으며
심호흡으로 마음 가득 향을 마시네

혀끝에 대는 순간 님을 느끼며
그 옛날 성인님을 그리워하네

삼천 년 전에 이 꽃으로 불심을 삼았으니
지금껏 당당하게 모습을 드러내고
은은한 향 내음은
그칠 줄 모르네

마시고 또 마셔도
더 진해만 가는
너의 본심은
정녕 깨달음의
심오한 그 맛이리라

연차를 마시며
당신의 심오한 그 마음
알 것 같습니다

연으로 꽃을 삼으신
그 마음을 말입니다

고양이 정순이!

귀여움으로 내 곁에 다가와
사랑을 심어준 정순이!

보드라운 솜결로
나를 유혹하고
행복을 선사한 정순이!
열 번이고 부르면
앙~으로 화답해준 정순이!

쓸쓸하던 산중생활을
안방 지킴이로
든든한 벗이 되어준 정순이!

채식으로 온 국민에게
전 세계인에게
어디를 가나 정순이 엄마로

날 유명하게 만들어준 정순이!

참외와 김을 된장찌개를
사람이 먹는
비건 채식을 하던 정순이!

열반했을 때
화장을 해보니
손가락처럼 가느다란
뼈로 날렵하던 정순이가
보고 싶다!

기원

관음보살 관음보살
한세월 낚아보아

관음보살 그리움에
허공처럼 마음 비워

관음보살 보살핌에
큰 서원 세워 보고

관음보살 품에 안겨
한시름 모두 잊고

관음보살 극락세계
이제는 안심일세

삶

전생에 갚아야 할
인연들이 이리 많은 줄

사바를 떠나기까지
수없이 많겠지

즐거움으로 피하지 않고
받아들이기로 했답니다

선과 악이 공존하고
도와 마가 상주하듯

사바의 모든 일들
마다 않고 즐길랍니다

3부 비우고 나니

일 념

당신은
나를 그리움에 젖어
아무것도 할 수 없게 합니다

당신은 나를 다 뺏어가 버렸습니다

나는 헤맵니다
당신과 내가 어느 것인지
분간이 가지 않습니다

당신이
나를 찾아주세요
당신이
주는 대로 나로 삼고 살겠습니다

그래도 난
당신과 내가 함께 살고 싶습니다

번뇌와 깨달음이 하나이듯이
당신을
품에 안고 살겠습니다

부처 님

당신은 숨바꼭질의
대왕이십니다

몇 시간을 찾아보아도
어디에 숨었는지
나타나질 않습니다

온종일 지치고
달님까지 나와서 합세를 하지만
온 세상 훤해서 다 보이는데
당신만은 보이질 않습니다

어릴 적에 시작해서
지금까지인 것 같은데
언제나 모습을 보이실 건가요?

한 해 두 해 흐르는 세월이
다음 생을 가게 되면
아니 되지요

스승님!
당신은 분명
저희 앞에 계시건만
이 못난 제자들은
눈뜬장님입니까?

성인님

보고 또 보아도 그리운 당신

늘 함께하고픈 당신

뵈올 때마다 눈시울이 적셔지는 당신

우린 내면으로 한마음이기에

떨어질 수 없는 끈이기에

늘 느껴야만 하기에

찡하게 여운을 담은 당신은

정녕 헤어질 수 없는

아기가 엄마를 떨어질 수 없듯이

당신과 난 한 원 안에 살지요

스승님

당신은 세세생생 한 번도

떨어져 본 적이 없기에

가까이 계시건만 허전함이 감돌고

당신이 보고파 여기저기 붙여 놓은 사진들

눈만 들어도 보이고
누워서도 보이고
늘 함께하고파
당신을 안고 삽니다
우린 약속입니다
헤어지면 안 되는
한 몸이라고요

그리움

지리산 토굴이 그립다
억새풀 엮어 만든 정재문
달랑 앉힌 양은 솥 하나

밥해놓고 식기 전에 들어내 놓고
국 끓이고

반찬은
고추지 토파서
간장 부어 넣고 밥 비비고

나락 냉이 몇 개 뜯어
무쳐 놓은 게 고작인 저녁 밥상

그래도 꿀맛이던
그때가 너무 그립다

난 정말 늦기 전에
그 시절로 가고 싶다

망상

나의 애인 달님
누가 쳐다볼까 봐
산으로 병풍을 쳐 놓고
그 속에서 보고 또 보고

달빛이 따스해서
이불 덮지 않아도 되는 밤

스승님!
벗을 하나 내려 주세요
저에게 벗은 누구일까요
새삼
세월이 이렇게 흐르고
대화를 하고 싶은
낭만이 있는
도반이 그립네요

그래서 난

산행을 하기로 했지요

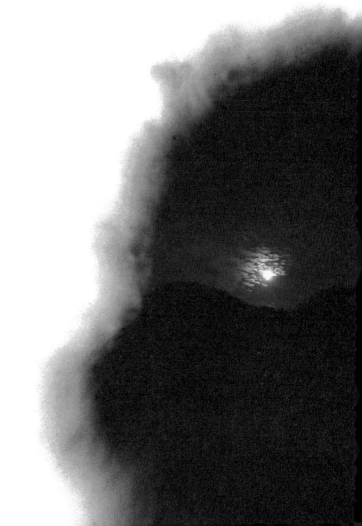

바라밀

당신 곁으로 가고 싶습니다
포근히 안기어
단잠을 즐기고 싶습니다

부드러운 피부는
나를 부르는데
나는 왜
한 발짝도 움직일 수 없나요

이 순간은
당신이 그리워 울고 있어요

언젠간 달려간다고
다짐만 다짐만 하면서
그리운 당신을
마음에 그려봅니다

내 모든 번뇌를

쉬게 할

당신 품을 그려봅니다

겸손

님의 발자욱은
눈 위에 나 있는
숨길 수 없는 발자욱처럼
눈보다 낮은
겸손이란 발자욱

괴로움 앞에 삐뚤어지고
비틀거리는 내 발자욱을
님은 다시 한번 가르치시네
마음을 놔버리는
겸손을 따라해 보라고

누군가 미워서
가슴이 달아오를 때
님은 소리 높여 귀를 뚫으시네
사랑하는 마음으로 겸손해지라고

애욕의 불꽃이 님을 덮어 버릴 때
다시 한번 나를 불러 타이르시네
조용히 정좌하는 마음으로
겸손해지라고

애욕도 욕망도 모두 보듬아
한 바구니에 담아놓고
세월 속에 차곡차곡
겸손만 늘려 보았네

이제는 님을 닮은
내 마음도
하심하는 마음으로
겸손해지네

집착

좋은 사람 갖지 마라
헤어져 괴롭고
미운 사람 갖지 마라
만나서 괴로우니라

입산 동기가 이거였지
이렇게 귀한 말씀을 누가 하셨나
알고 싶었었지

이제 지금 중도를 취하고 있는가
진정한 중생계의 해탈을 하고 있는가

세월이 이렇게 흘렀는데도
미운 사람 고운 사람이 있는 것 같다

사바를 떠날 때는

다 놔 버리고 갈 수 있을런지?

사바를 극락으로

어지러운 꿈속에서 벗어나
현실로 돌아와
날갯짓을 해야 해

몸이 무거운 괴로운 늪이야
세월만 묶어 놓는 곳
사바에서

마음 동산인 좌복 위에 앉아
즐겁게 누벼보자

한 시간 두 시간……
전생과 이생을 오가며
명상을 즐겨봐야지

활력소를 만들자
내면의 음식을 맛있게 먹고

육체의 영양분으로 나눠 먹으며
화평의 사바를
극락으로 즐겨보자

자신의 몫

이 세상 모든 것은
자신이 하는 것
그 누구도 대신할 수 없는 법
자신이 마음먹는 대로
약속이라는 것

상대가 있다고 망상 피지 말라
다 자신이다

성인님께 가진 마음은
벌써 다 이룬 약속이다

다 아시고 행을 하신다
중간 역할 한다고 뽐내지 마라

마음 낸 그 사람의 몫이다
난 확실히 알았다

모두들 자신의 것을 챙겨라
자기만이 자신을 돌본다

마음가짐

수행자는
이 세상 모두를 불도량으로 보아야지요

아내도 자녀도
부처님의 화신이요

나는 닦는 학생
마주치는 모든 이는 부처님

깨달음을 얻어
나투기 전까지는
모두가 닦음의 길잡이로 보아야지요

대각자가 되기까지는
겸손과 하심으로
종으로 삼아야지요

높은 곳을 올라가려면
마음을 전부 비워야지요

갈댓잎 하나도 놔버려야
우리 고향에 가볍게
갈 수 있겠지요

성인님 품

당신!
의 가슴에 살포시 눈을 감고 기대면
한없이 너얼븐 대양으로 빠지는 느낌입니다
좁음 속에서 이렇게 한없음을 보는 것은
내 마음은 즐겁기만 합니다

나!
이제 당신에게서 벗어날 수 없음을 보았으니
마냥 희망만이 넘칩니다

어떠한!
좌절감도 느끼지 않고
어느 시기가 와도 굴하지 않음을 알았으니
그대로 당신만 느끼면 되는 것입니다

아!
요동치지 않는 이 마음이여
마음 넘어 잔잔한 그 순수함이여
이제!
내 목숨 다 바쳐
항복합니다
영원한 그 모습에게……

비우고 나니

구름이 흘러가듯
모든 번뇌를 씻어버리고 나니
흥겨워 노래 부르네

달님을 우러러 목소리를 높이고
바람결 맞아가며
스승님께 감사드리네

비우고 또 비우고
웃음으로 채우고 나니
마음도 덩달아 즐겁다 하네

원망은 없고
고마움만 남으니
성인님께 감사드리네

인과가 한 꺼풀 한 꺼풀 벗겨지니
공부는 무르익고
고향 가는 길이 훤히 보이네

스승님, 감사합니다

내 면

비방을 한다고 두려워 말아요
그 속에서 우린 자라고 있는 거예요

욕을 한다고 무너지지 말아요
우린 굳게 다져지고 있는 거예요

많은 시련을 겪고 세월을 보내면
단단한 디딤돌이 될 겁니다

자신과의 대화에서
편안함을 얻으면 만족스러운 겁니다

남을 너무 의식하지 마세요
자신의 내면에 거하는 스승을 의지하세요

양심은 영원한 우리의 안식처입니다
우린 비춰 볼 수 있는 거울이 내면에 있습니다

밖의 말들은 환영일 뿐
자신을 들여다봅시다

열반일 날에

조용히 정좌하며
내 인생을 찾고 싶다

늘 정진 속이면서
정진이 그립다

사바를 한 바퀴 돌고 오면
더욱더 간절해지는
자신 속의 자신

거울과 같은 모습들
황량감이 돈다

인과를 벗어나기 위한 안간힘
정직하게 살고자 애쓰는 마음

한 가지 계율만 있다면
모두가 도인 같다

몹시도 추운 날

내 마음에 봄눈 녹던 날
온 세상이 다 내 마음이었지요

마음 마음들이 모두 나였지요
모두의 마음들이 괴로움을 늘어놓을 때마다
우린 둘이 아닌 하나가 되지요

속속들이 나이고 보니
모든 게 내 책임이자 숙제 풀이이지요

내면과 외면이 꼭 같아야
우주가 정화된다고 말씀하셨지요
우주 안에는 모두 포함되니까요

이곳에서 벗어나면 저곳에도 가지만
그곳도 역시 우주 안이니까
온전히 모두 같아야 정화가 된다고요

피할 수 없는 우리의 사명감인가요
어둡고 추운 밤에 새삼 느껴 봅니다
내 마음과 그대의 마음이
어떠해야 하는가를요

고기와의 싸움

중생들아
어찌하여 그렇게 고기를 즐기는가

전생의 인과를 갚으러 온 양
어느 놈을 물어뜯어야
속이 시원한 양

새로운 놈을 대접받았을 땐
온 세상을 얻은 양
흡족해하니

나보다 약한 미물을
불쌍히 여기고 어여삐 보듬어 줘야지
그렇게 물어뜯어 무슨 승부욕인가?

자신을 물어뜯어 보았을까?

화장을 하라고 해도
죽은 목숨에 무슨 애착 때문인지
또 죽기 싫어 안 한다고 하면서

한 번 죽은 목숨을
그리 물어뜯어
고기의 무덤을 만드는가

중생들이여
반성 한번 해봅시다

한세상 태어나서
맑고 깨끗하게 정화 한번 해봅시다

이 육체를 빛나게 만들어 봅시다
고기들의 천국이 아닌

우리 마음의 고향인
천국으로 만들어 봅시다

축생계를 졸업하고
성인님의 도량으로 가꾸어 보자고요

휴~

사랑으로 보듬고
자비를 베풀고
자유를 허락해 봅시다

사랑의 파장

사랑은 내면이지요
겉으로 할 수 없는 것입니다

내면으로 감지하는 파장은 민감합니다
절대로 나쁜 파장을 보내지 마세요

겉으로 아무리 웃어봐도
내면이 눈 흘기면
사랑을 할 수가 없습니다

내면은 무선으로 통하는 전류입니다
번개를 감지하는 차단기보다 더 빠르지요
순간을 알아차린답니다

내면의 자장

명상을 마친 이 시간
온몸으로 진동을 느낍니다
멍한 기운으로 묘한 분위기입니다

자신의 몸은 자신이 컨트롤할 수 있는
감지기가 있답니다

기계에다 의지하려고 하는
망상들 때문에
자신의 감지기가 녹슬고 있답니다

자신의 자장을 잘 이용하면
치유력도 얼마든지 사용할 수 있지요

우리 자아를 맘껏 활용하여
나 자신 위대함을 발휘합시다

성인님 모습

명상하는 당신의 모습은
잠자리에 누워서도 따라 하라 합니다

깊은 삼매에 드신 모습은
깊은 잠에 빠지면 늦어진다고 합니다

매일매일 그 모습인 당신은
한세상 부지런히 아끼라 합니다

온 주위를 빛으로 물들인 당신은
바른 생각 가지라고 일러 줍니다

살포시 눈을 감으신 당신의 모습은
내면으로 들어오면 말없이도 통한다고 합니다

침묵으로 가르치시는 당신은
온 우주를 만끽하라 합니다

큰 달 아래서

2022년 5월 8일 부처님 오신 날 초판1쇄 발행

지 은 이 　　대 업
펴 낸 이 　　김성민
편집디자인 　　김경자
펴 낸 곳 　　도서출판 브로콜리숲
출 판 등 록 　　제2020-000004호
주　　　소 　　41743 대구광역시 서구 북비산로 65길 36, 2층
전　　　화 　　010-2505-6996
팩　　　스 　　053-581-6997
홈 페 이 지 　　www.broccoliwood.com
인 스 타 그램 　　broccoliwood_
전 자 우 편 　　gwangin@hanmail.net

ⓒ대업 2022
ISBN 979-11-89847-36-4 03810